DESSINS

ANCIENS

PROVENANT EN PARTIE DE LA COLLECTION

DE

VICTOR MAZIÉS

ARTISTE PEINTRE

MINIATURES, TABLEAUX, GRAVURES

PARIS

IMPRIMERIE THIVET-RAPIDE ET RÉVERDOT

8, *rue Drouot et* 2, *rue Brémontier*

—

1887

Etude de M⁰ LÉMON, Commissaire-Priseur

RUE DROUOT, 7.

DESSINS

ANCIENS & MODERNES

DES ÉCOLES FRANÇAISE, ITALIENNE, FLAMANDE, ALLEMANDE, ESPAGNOLE

des XVIᵉ, XVIIᵉ et XVIIIᵉ siècles

PROVENANT EN PARTIE DE LA COLLECTION

DE

VICTOR MAZIÉS

ARTISTE PEINTRE

Dont la vente aura lieu le 18 Mai 1887, à 2 heures

SALLE N° 4, 1ᵉʳ ÉTAGE

HOTEL DES COMMISSAIRES-PRISEURS

Rue Drouot, 9

PAR LE MINISTÈRE DE	ASSISTÉ DE
M⁰ LÉMON	**M. S. MAYER**
COMMISSAIRE-PRISEUR	MARCHAND D'ESTAMPES
7, *rue Drouot*	5, *rue Laffitte*

EXPOSITION PUBLIQUE

Le 17 Mai, de 2 à 5 heures.

CONDITIONS DE LA VENTE

Elle sera faite au comptant.

Les Acquéreurs paieront, en sus du prix de chaque adjudication, 5 centimes par franc, applicables aux frais.

Aucune réclamation ne sera admise une fois l'adjudication prononcée.

DESSINS

1. — SAINT-AUBIN (attribué). — Groupe de curieux, seigneurs et gens du peuple. Très beau dessin à la plume.

2. — SAINT-AUBIN (attribué). — Jeune seigneur, vu de dos. Crayon noir.

3. — SAINT-AUBIN (Auguste de). — Tête d'homme de profil. Encadré.

4. — BOUCHER, François (attribué). — Tête de jeune fille. Cadre en bois sculpté.

5. — BOUCHER, François. — Paysage et figures. Encadré.

6. — CHARDIN (attribué). — Jeune fille dormant. Bon dessin à la pierre noire rehaussé de blanc.

7. — CALLOT. — Combat. Croquis à la plume.

8. — CICERI. — Vue de Paris. Joli croquis au crayon.

9. — DELARUE. — Enterrement. Dessin à la plume.

10. — DECAMPS. — Jeune enfant. Croquis à la pierre noire.

ÉTUDES PEINTES

---

11. — 40 études de paysages et figures. marine, etc.
Sera divisé.

12. — FINARD. — Costumes militaires. etc.
Aquarelle.

13. — GÉRARD (Mlle), LETHIERE, GIRODET,
DAVID. — Quatre dessins à l'encre de
chine. crayon et sanguine.

14. — H. GOLZIUS. — Beau dessin à la plume.

15. — GIRAUD, Eugène. — Dessins et aqua-
relles.

16. — LANCRET. — Joueurs de cornemuse, jeune fille.

17. — MICHEL-ANGE (attribué). — Femme vue de profil. Dessin à la plume.

18. — MARIOTTO Albertinelli. — Moine tenant un livre. Superbe dessin au crayon noir.

19. — MEISSONIER. — Homme à cheval sur une chaise, vu de dos, tenant un verre à la main. Croquis fait pour les Chansons populaires de France. Très beau dessin à la mine de plomb.

20. — MARILHAT. — Croquis rehaussé de sépia. Encadré.

21. — NIGETTI. — Étude d'académie à la sanguine.

22. — GRÉGOIRE, Paul (1771). — Partie d'une
vue de Toulon.

23. — PARROCEL. — Croquis à la plume.

24. — RIBERA (attribué). — Vieillard lisant. Joli
croquis rehaussé de sépia.

25. — H. ROSS. — Croquis à la sanguine. Le
repos de la Vierge.

26. — REGNAULT, Henri. — Tête d'homme, vue
de profil. Mine de plomb.

27. — VAN DER MEULEN. — Jeune seigneur
en promenade. Beau dessin fini.

28. — VAN DER VELDE, Ad. — Moutons
bélant. Joli dessin à la plume rehaussé
d'encre de Chine.

29. — WATTEAU (attribué). — Jeune servant, vu de dos. Dessin à la sanguine.

30. — Sous ce numéro seront vendus bon nombre de dessins anciens de diverses écoles non compris au catalogue et dont les noms suivent :

Otto Venius, Raphaël, Titien, Andrea del Sarte, Lucas Kranach, Van Dyck, Jean d'Udine, Palme-le-Jeune, Sublegras, Lesueur, Lebrun, Poussin, Géricault.

31. — Miniatures sur parchemin ou lettres coupées de manuscrit du xvie siècle. Splendide de conservation, superbe de couleur, ornements et figures sur fond or, le tout en parfait état. 40 feuilles montées dans cinq cadres.

MINIATURES

32. — DESORMES, Auguste (signé). — Portrait de Mlle Vincent et son frère.

33. — MOTELAN (signé). — Portrait de Delarive, célèbre acteur.

34. — MOTELAN (signé). — Portrait présumé de Bolivar dans un costume d'officier de la garde des consuls.

35. — MOTELAN (signé). — Portrait de femme de la famille royale. Jolie miniature de l'époque.

36. — MOTELAN (signé). — Portrait, présumé de Molé, acteur. Charmante petite miniature.

TABLEAUX

37. — DARAN — L'Opéra un jour de fête.

38. — THOLER. — Nature morte.

39. — OLAGNO (1820 à 1830). — La Fête du professeur.

40. — SWEBACH (Desfontaine) (attribué). — La Halte.

41. — BUDELAT, Joseph. — Le Départ pour le marché. — Le Moulin,

42. — BUDELAT, Joseph. — Charmantes petites
natures mortes, fleurs et fruits, dans leurs
cadres de l'époque Louis XIV.

43. — GÉRARD, L. — L'Abreuvoir, paysages
et animaux.

PASTELS

44. — GERARD, L. — École française du xviiie siècle. — Paysage et moutons.

45. — BOSIO. — Bal de l'Opéra. Très belle épreuve, superbe de coloris.

GRAVURES

46. — LECŒUR. — Le Bal de la Bastille « Ici l'on danse », d'après Swebach (Desfontaine), gravure en couleur, encadrée.

47. — LECŒUR. — La France soutenue par MM. Bailly et de Lafayette : « Palsangué, M. le Prieur, v'là le coup ! Cette fois, la justice est du côté du plus fort. »
Départ des apothicaires patriotiques des faubourgs de Paris.

48. — LECŒUR. — Caricatures et sujets sur la Révolution, en couleur. — Modes et figures, en couleur. — Vignettes anciennes, portraits, etc.

49. — LECŒUR. — Gravures diverses anciennes et modernes en portefeuille. — Dessins.

LIVRES

50. — GUILLAUMOT fils. — Costumes anglais du temps de la Révolution et du premier Empire.

51. — Catalogues illustrés des ventes célèbres. — Catalogues des œuvres de Chardin, Lancret, etc., etc. — Livres et brochures, portefeuilles, objets divers.